Le pouvoir du Believix

© Hachette Livre, 2010, pour la présente édition.
Novélisation : Sophie Marvaud
Hachette Livre, 43, quai de Grenelle, 75015 Paris.

Le pouvoir du Believix

hachette
JEUNESSE

Bloom

C'est moi, Bloom, qui te raconte les aventures des Winx. À l'université d'Alféa où j'ai été élève, j'ai découvert peu à peu ma véritable identité. Je suis la fille du roi et de la reine de la planète Domino, qui a été détruite par les Sorcières Ancestrales. C'est ma sœur aînée, la nymphe Daphnée, qui m'a sauvée. Elle a trouvé sur Terre des parents adoptifs aimants à qui me confier. Aujourd'hui, je possède le formidable pouvoir de la flamme du dragon. Alors je suis en première ligne pour défendre la dimension magique et ses différentes planètes. Heureusement que je peux compter sur mes amies fidèles et solidaires : les Winx !

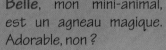

Belle, mon mini-animal, est un agneau magique. Adorable, non ?

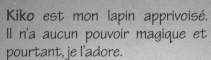

Kiko est mon lapin apprivoisé. Il n'a aucun pouvoir magique et pourtant, je l'adore.

Stella

Originaire de la planète Solaria,
la fée de la lune et du soleil a une
très grande confiance en elle. Un
peu trop, parfois ! Heureusement
qu'elle est aussi vive que drôle.

Ginger, son mini-animal,
est un chiot magique.

Flora

Fée de la nature, douce et généreuse,
elle est à l'écoute des plantes et elle
sait leur parler. Cela nous sort de
nombreux mauvais pas !

Coco, son mini-animal,
est un chaton magique.

Tecna

Directe et droite, elle est d'une grande débrouillardise. Normal, elle est la fée des sciences et des inventions. Elle maîtrise toutes les technologies, auxquelles elle ajoute un zeste de magie.

Chicko, son mini-animal, est un poussin magique.

Musa

Orpheline, la fée de la musique est très sensible et pleine d'imagination. Face au danger, sa musique devient souvent une arme !

Pepe, son mini-animal, est un ourson magique.

Layla

Venue de la planète Andros, la fée des sports est particulièrement courageuse. Elle est très rapide et n'a vraiment peur de rien !

Milly, son mini-animal, est un lapin magique.

Roxy

Elle vit sur Terre. Nous ne la connaissons pas très bien, mais j'ai l'impression qu'elle a quelque chose de magique en elle…

Mme Faragonda

L'université des fées est dirigée par l'adorable Mme Faragonda.

Au royaume de Magix, un lieu hors du temps et de l'espace, la magie est quelque chose de normal. En plus d'Alféa, il y a la Fontaine Rouge, l'école des Spécialistes. Sans eux, la vie serait beaucoup moins intéressante…

Prince Sky

Droit et honnête, l'héritier du royaume d'Éraklyon sait mieux que personne recréer un esprit d'équipe chez les garçons. Son amour me donne confiance et m'aide à triompher des pires obstacles.

Brandon

Il est aussi charmant que dynamique et spontané. Pas étonnant que Stella craque pour lui.

Riven

Il apprend à maîtriser son impulsivité et son orgueil. Il voit beaucoup moins la vie en noir depuis que Musa s'intéresse à lui.

Timmy

Un jeune homme astucieux qui se passionne pour la technique.
Avec Tecna, forcément, ils se comprennent au quart de tour.

Hélia

Un artiste plein de sensibilité. Flora n'en revient pas, qu'un garçon pareil puisse exister.

Nabu

Il vient de la même planète que Layla, Andros. Ils ont eu du mal à se comprendre, au début, mais maintenant, ils sont inséparables.

Convoité par les forces du mal,
Magix est le lieu d'affrontements terribles.
Les quatre sorciers du Cercle Noir
menacent la Dimension Magique...
et la Terre !

Ogron

Il est le chef du Cercle Noir.
C'est un sorcier tout-puissant,
dangereux et cruel. Il hait les Winx.

Anagan

Ce prédateur ne rêve que de
pouvoirs et de richesse.

Duman

Il peut se transformer en animal féroce à n'importe quel moment.

Gantlos

C'est un chasseur de fée qui aime détruire tout ce qui l'entoure.

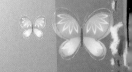

Résumé des épisodes précédents

De justesse, nous avons de nouveau raté la dernière fée de la Terre. Les sorciers du Cercle Noir ont lancé un sortilège sur nos animaux magiques qui se sont transformés en monstres. Pendant que nous trouvions un remède, nous avons perdu la trace de la fée.

À cette occasion, nous avons découvert la présence à Gardénia de nos amoureux, les Spécialistes. Ils nous ont rejointes secrètement pour nous protéger. Mais nous sommes capables de nous défendre toutes seules ! Est-ce qu'ils ne nous font pas confiance ?

Un programme d'enfer

Entre l'ouverture de notre magasin et la recherche de la dernière fée de la Terre, nous n'avons pas eu le temps d'aménager notre appartement. Cela fait des jours que nous grignotons debout et que nous dormons par terre dans des sacs de couchage.

Alors, aujourd'hui, nous avons un programme d'enfer : aspirateur, nettoyage des vitres, peinture des murs, ameublement et déballage de nos cartons.

— Génial, dit Stella en mettant trois sucres dans son café. Je vais pouvoir manger sans compter les calories.

Pour nous donner du courage, nous avons invité les Spécialistes à dîner, ce soir. Nous devons absolument nous réconcilier avec eux. Il y a eu

trop de malentendus entre nous
ces derniers temps.

Pendant le petit déjeuner,
Musa ne lève pas le nez du livre
sur les fées que nous a prêté
Mme Faragonda.

— Le pouvoir du Believix est

tout à fait fascinant, nous explique-t-elle. Pour l'acquérir, il suffit de croire très fort en la magie des fées.

— Et qu'est-ce qu'on obtient exactement? demande Tecna.

— Ça n'est pas précisé. Sans doute des pouvoirs plus puissants.

J'en reste songeuse :

— Si ça pouvait nous aider à vaincre enfin les sorciers du Cercle Noir...

— Et à retrouver la fée de la Terre... ajoute Flora.

Après avoir fini le ménage, nous faisons apparaître des pots

de peinture, des pinceaux et des rouleaux.

— Dis-moi, Bloom, pour-quoi on ne change pas direc-tement la couleur des murs grâce à la magie ? me demande Tecna.

— Parce que c'est plus rigolo de le faire nous-mêmes !

Nous lançons quelques formules magiques et bientôt, pinceaux et rouleaux s'activent sous nos ordres. Nous sommes en pleine action magique lorsqu'on sonne à la porte. Je m'étonne :

— Déjà les Spécialistes ? Ils sont en avance.

— Ce n'est peut-être pas eux, dit Tecna.

— Aucune importance, nous

n'avons rien à cacher, dit Stella en ouvrant la porte.

Nous découvrons alors les musiciens du bar de la plage, Andy, Ryo et Marc !

— On passait juste vous dire bonjour, dit Andy.

— Désolées pour le bazar, dit Stella. Nous faisons quelques travaux dans notre appartement.

— Quel courage ! s'exclame le jeune homme.

Ryo se précipite vers Flora qui tient un gros pot de peinture.

— Attends, je vais t'aider. Ça a l'air lourd.

— On peut vous donner un petit coup de main, si tu veux, Bloom, ajoute Andy.

Il me regarde avec un sourire tellement sympathique. Comment pourrais-je refuser ?

Stella essuie sa main sur son front.

— Vous tombez bien, nous sommes hyper fatiguées.

Andy attrape un pinceau, le plonge dans le seau et l'égoutte délicatement avant de le passer sur le mur.

— Vous voyez comment il faut s'y prendre pour avoir un résultat impeccable ?

Ce que Bloom ne sait pas

Dans le centre-ville de Gardénia, un garçon interpelle un autre garçon qui s'avance dans sa direction.

— Tu as l'heure, s'il te plaît ?

Le deuxième regarde le premier, interloqué :

— Pourquoi ?

— J'ai rendez-vous avec un copain qui est très en retard.

Le deuxième éclate de rire :

— Tu te moques de moi, Brandon !

Le premier écarquille les yeux :

— C'est toi, Sky ? Je ne te reconnaissais pas. Le coiffeur s'est moqué de toi !

— Pas du tout ! Il m'a fait une coupe à la mode chez les Terriens. Tu devrais faire comme moi pour passer ina-perçu.

— Inaperçu ! Mais toutes les

filles se retournent sur ton passage !

— Que veux-tu ? Je suis devenu un prince charmant à la manière terrienne.

Riven intervient :

— Sky, on a une super

nouvelle ! On a trouvé un travail pour Hélia, Brandon, toi et moi : livreurs de pizza. Ce n'est pas très prestigieux, votre Majesté, mais on pourra payer le loyer.

— Comme ça, je pourrai récupérer le sceau d'Éraklyon. Mais Timmy ?

— Il a préféré un autre job : réparer des ordinateurs.

— Très bien. Et on les livrera comment, nos pizzas ?

Brandon présente la planche de skate qu'il tient à la main :

— En skate ! Le meilleur moyen de circuler rapidement à Gardénia.

Il se lance aussitôt dans une petite démonstration.

— De mon côté, je me suis offert quelque chose, avoue Sky. Venez voir.

Il leur présente un superbe coupé sport de couleur rouge. Brandon siffle d'admiration :

— Whaou, quel joli tas de ferraille ! Il faut avouer qu'ils s'y connaissent en voitures, ces humains.

— Ses performances sont un peu faibles pour nous, explique

Sky. Mais Nabu m'aidera à les améliorer.

— Laisse Nabu tranquille ! proteste Brandon. Moi aussi, j'ai besoin de son aide de magicien. Depuis que j'ai sauvé la vie de cette fille, Mitzie, elle me suit partout et me téléphone toutes les cinq minutes. Je ne sais pas comment me débarrasser d'elle ! Je ne veux pas la blesser, mais elle n'a aucune illusion à se faire. C'est Stella que j'aime ! Et à cause de cette Mitzie, je suis en train de la perdre.

Brandon ne croit pas si bien dire. Au même moment, Mitzie

est cachée au coin de la rue et ne perd rien de la conversation. En entendant sa déclaration d'amour pour Stella, elle serre les poings.

— Je suis belle, intelligente et

sympa. Qu'est-ce qu'elle a de plus que moi, cette Stella?

Elle file jusqu'à son scooter, garé un peu plus loin, et démarre.

— Je veux découvrir son secret! Après tout, puisqu'elle a réussi à rendre Brandon amoureux d'elle, je peux y arriver moi aussi.

Un peu plus tard, Mitzie se faufile sous les fenêtres de l'appartement des Winx, situé au rez-de-chaussée d'un immeuble. Elle espionne les fées en compagnie des trois musiciens.

— Comme c'est mignon ! Ils les aident à repeindre les murs…

À cet instant, Bloom et Stella s'approchent de la fenêtre entrouverte. Bien qu'elles parlent à voix basse, Mitzie peut entendre leur conversation.

— Ton ex est vraiment sympa, dit Stella à Bloom. Je suis sûre qu'il est toujours amoureux de toi.

Les joues de Bloom prennent la couleur du pinceau rose framboise qu'elle tient à la main.

— Tu crois ?

— Ne t'inquiète pas, la rassure Stella en riant. Je ne le dirai pas à Sky.

Tout ça est passionnant, pense Mitzie. J'en connais qui vont être drôlement intéressés d'apprendre ce qui se passe ici…

Et elle sort son téléphone portable de sa poche.

Chapitre 3

Des amoureux jaloux

Cela fait déjà plusieurs heures que nous travaillons et nous avons bien avancé. Je propose de faire une petite pause.

— Bonne idée ! s'exclame Andy en se tournant vers moi, son pinceau à la main.

Il m'éclabousse un peu sans le faire exprès.

— Oh, excuse-moi ! Attends, je vais retirer la peinture qui est sur ta joue.

Il tend la main vers moi et, avec délicatesse, essuie la goutte. C'est cet instant que choisit Sky pour franchir le seuil de l'appartement, suivi par Brandon, Riven et Hélia.

— J'entre sans frapper, la porte est ouverte… Oh, mais vous n'êtes pas seules !

Il nous regarde, Andy et moi, l'air malheureux. Ce dernier réagit pourtant tout de suite :

— Vous êtes les bienvenus !

Plus on est de peintres, plus vite le travail avance.

— Andy, Marc et Ryo passaient dans le quartier. Ils ont proposé de nous aider, explique Stella. On a peint tout l'après-midi et on est épuisées.

Brandon la fusille du regard.

— Je croyais qu'on devait passer la soirée ensemble, dit Riven. Mais puisque vous êtes fatiguées, on va vous laisser vous reposer.

Andy repose son pinceau.

— De toute façon, nous, on part. On doit se préparer pour ce soir. On donne un nouveau concert au bar de la plage. Vous voulez venir ?

J'hésite, mal à l'aise.

— Je ne sais pas. On verra si on peut, Andy.

— L'invitation est valable pour vous, dit ce dernier aux Spécialistes.

— On a déjà eu l'occasion de vous entendre, répond Sky sèchement.

Nous remercions les musiciens

et ils s'en vont. Je m'adresse aux Spécialistes en faisant l'effort de prendre un ton léger :

— On ne vous attendait pas si tôt.

Sky me regarde, l'air sombre.

— On a reçu un coup de fil anonyme qui nous conseillait de venir voir ce qui se passait ici, dit Brandon.

— On ne regrette pas d'être venus, ajoute Sky. Alors, puisqu'on dérange, on préfère s'en aller.

L'un derrière l'autre, les Spécialistes quittent la pièce, l'air très mécontent. Mes amies et moi échangeons des regards navrés.

— Et voilà ! On se retrouve toutes seules, fait remarquer Flora.

— Je préfère ça à la présence de garçons jaloux et désagréables, répond Stella.

Je pousse un gros soupir. Moi

qui espérais me réconcilier avec Sky !

Tecna intervient :

— Écoutez les filles, je suggère qu'on se concentre de nouveau sur notre mission.

— L'aménagement de l'appartement ? demande Stella.

— Mais non ! La recherche de la dernière fée de la Terre !

— Mais nous n'avons aucune piste.

— Peut-être que si... dit Tecna. J'ai remarqué quelque chose de bizarre sur le site Internet de notre boutique. Nous avons un ami mystérieux

qui commande chaque jour plusieurs peluches. Je me demande
qui il est et pourquoi il les adore
à ce point-là. Qu'est-ce que vous
en pensez?

Je ne suis pas vraiment
convaincue mais mes amies
semblent toutes plus ou moins
démoralisées par nos problèmes
avec les garçons. Il faut réagir.

— Tu as raison, Tecna. Allons
voir de qui il s'agit.

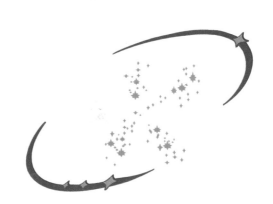

Chapitre 4

La fée des animaux

Un peu plus tard, nous voilà devant une grande maison bien entretenue, entourée d'un beau jardin.

— C'est bien calme pour un endroit où vivent des centaines

d'animaux magiques, fait remarquer Flora.

— J'espère que nos peluches sont bien traitées, dit Layla.

— Attention ! s'écrie Musa. Quelqu'un sort. Cachez-vous !

Nous nous accroupissons derrière un muret. Je relève la tête :

— Je connais cette fille… C'est la serveuse du bar de la plage, Roxy.

Elle est suivie de son labrador, ainsi que de la peluche qu'elle vient d'adopter et qui vole près d'elle.

— Son attitude est bizarre,

vous ne trouvez pas? dit Stella. Que sont devenus ses autres animaux magiques? Pourquoi elle ne les emmène pas également en promenade?

Je tente de calmer mon amie :

— Pas de conclusions hâtives...
Pour l'instant, elle n'a rien fait
de mal.

— Suivons-la pour en avoir le
cœur net.

Roxy traverse le quartier en
direction de la plage. Elle se
rend sous les palmiers, là où se
trouvent plusieurs petites
cabanes en bois. Elle entre dans
l'une d'entre elles.

Nous nous approchons tout
doucement. Stella entrouvre
délicatement la porte et jette

un œil à l'intérieur. Puis elle se retourne vers nous et chuchote :

— La pièce est remplie de peluches !

Soudain, notre amie n'y tient plus. Elle entre et dit avec colère :

— Si tu fais mal à l'un de ces animaux magiques, tu auras affaire à nous !

Je rouspète à voix basse :

— Tu pourrais être plus diplomate, Stella.

Roxy sursaute et se retourne.

— Qui êtes-vous ? Qu'est-ce que vous me voulez ?

Son chien gronde en montrant les dents. Elle s'agenouille près de lui et entoure son cou de ses bras.

— Calme-toi, Artou. Ces filles ne sont pas en train de m'agresser. Elles sont juste un peu bizarres.

Je perçois l'énergie magique qui se dégage d'elle… la même que nous avons déjà sentie plusieurs fois depuis notre arrivée à Gardenia… Ce qui signifie que Roxy est… la dernière fée de la Terre !

Près de moi, Stella murmure :

— Mais non, Bloom, ce n'est pas possible. Une fée doit être légère, gracieuse, aérienne... Pas du tout comme cette fille.

Mais je suis sûre de moi. Je m'avance vers Roxy en souriant amicalement.

— Roxy, j'ai quelque chose à te dire. Tu vas avoir du mal à me croire, mais c'est la vérité. Tu n'es pas une fille comme les autres. Tu es unique parce que... tu possèdes des pouvoirs magiques.

La jeune fille fronce les sourcils.

— Tu lis dans les pensées des animaux, tu connais leurs sentiments. C'est parce que tu es une fée, Roxy. La fée des animaux.

— Vous êtes complètement folles ! Laissez-moi tranquille ! Je n'ai rien fait de mal. Ces peluches sont à moi. Je les ai adoptées comme c'était autorisé sur le site.

— On n'est pas venues te reprendre tes animaux magiques mais te prévenir d'un grand danger, dit Flora. Des chasseurs de fées sont à ta recherche…

Cette fois, Roxy se fâche :

— Je n'ai pas le temps d'écouter vos bêtises !

Elle bondit hors de la cabane et s'enfuit en courant, suivie par le labrador.

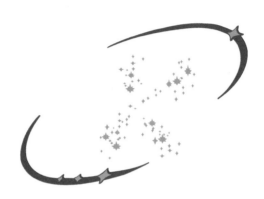

Chapitre 5

Ce que Bloom
ne sait pas

Roxy court à perdre haleine le long de la plage, jusqu'au port industriel, qu'elle connaît comme sa poche. Elle trouve une cachette derrière des barils vides. Elle reprend enfin son souffle en câlinant son chien.

— J'ai l'impression qu'on a semé cette bande de folles, Artou.

— Tu as besoin d'aide, ma jolie ? dit une voix au-dessus d'elle.

Roxy lève la tête. Elle est entourée de quatre hommes vêtus de noir, à la mine inquiétante, deux roux, un blond et un brun. Elle se redresse.

— Non, merci. Je m'en allais.

L'un d'eux la dévisage.

— Pourquoi es-tu si pressée ?

— On a tellement entendu parler de toi qu'on a l'impression de te connaître par cœur, dit un autre.

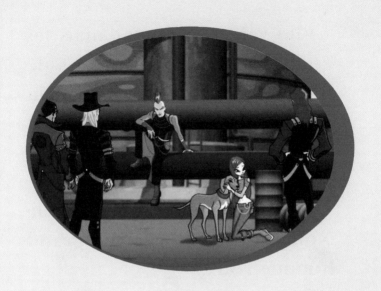

— Il paraît que tu es la dernière
fée de la Terre, dit le troisième.

Roxy a l'impression que son
cœur va s'arrêter de battre.
Est-ce que le monde entier est
devenu fou ? Ou bien, c'est elle
qui est devenue folle ?

Elle veut s'échapper mais les quatre hommes la serrent de près. Ils se tiennent par la main et des éclairs jaillissent de leurs doigts. Une étrange spirale lumineuse se forme.

— Que les portes du Cercle Noir s'ouvrent! dit le grand homme roux.

Roxy est entraînée au-dessus du cercle, au centre de la spirale.

— Transmets-nous tes pouvoirs magiques, ordonne le jeune homme blond.

— Mets fin à notre quête, ajoute le brun.

— Au secours ! À l'aide ! hurle
la pauvre Roxy.

Artou se jette alors sur le plus
petit. Il plante ses crocs dans
son bras.

Le sorcier pousse un cri de
douleur :

— Lâche-moi, sale bête !

Le charme est brisé. La spirale disparaît et Roxy retombe sur le sol. Elle veut s'enfuir mais elle est rattrapée par l'un des sorciers qui lui tord le bras et tente de lui bâillonner la bouche.

— Laisse-la tranquille, dit enfin une voix.

Ce sont les cinq filles de tout à l'heure. Roxy reconnaît celle qui lui a parlé gentiment dans la cabane, une certaine Bloom. L'autre, Stella, s'interpose avec courage entre elle et les sorciers.

— Qui sont ces hommes ? leur demande Roxy avec désespoir.

Pourquoi est-ce qu'ils s'en prennent à moi ?

— Ce sont des chasseurs de fées. C'est toi qu'ils veulent capturer. Mais on est là pour te protéger.

— Winx Enchantix ! proclament les filles toutes ensemble.

D'un seul coup, elles se transforment ! Elles sont revêtues de vêtements lumineux et elles ont des ailes qui leur poussent dans le dos ! Roxy n'en croit pas ses yeux : est-ce que ce sont vraiment des fées ?

Elles prononcent des paroles très étranges :

— Océan de lumière !

— Colère du dragon !

— Bouclier morfix !

Les quatre hommes ripostent avec des paroles tout aussi

bizarres. Autour de Roxy, commence alors une lutte incroyable à coups de boules de feu, de tornades, d'ondes sonores et de métamorphoses en animaux.

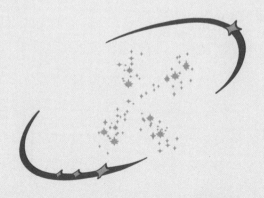

Chapitre 6

Le pouvoir du Believix

— Mets-toi à l'abri, Roxy!

La jeune fille se faufile hors du champ de bataille et se cache avec son labrador derrière une rangée de barils. Nous l'entendons sangloter :

— C'est un cauchemar... Les fées n'existent pas...

Pendant ce temps, nous nous livrons à un terrible combat. Mais nous avons beau utiliser tous nos pouvoirs, les sorciers sont plus puissants que nous.

Épuisées, nous reprenons notre souffle quand Ogron s'approche des barils et sort Roxy de sa cachette. Gantlos, Duman et Anagan se rassemblent autour d'elle. Ils joignent leurs mains et la spirale se forme à nouveau...

— Aidez-moi ! crie Roxy.

Pour l'instant, nous en

sommes incapables. J'ai juste la force de lui crier :

— Ouvre grand ton cœur ! Crois très fort en la magie des fées !

À cet instant, le chien Artou est touché par un sort. Il gémit,

blessé, tandis qu'Ogron ricane. Roxy rentre dans une terrible colère à l'encontre des sorciers.

— Eh bien oui, je crois en la magie des fées ! Et vous rirez moins lorsqu'elles viendront me sauver !

D'un seul coup, une onde magique très puissante jaillit d'elle. Les sorciers reculent. La jeune fille en profite pour prendre son chien dans les bras et s'enfuir.

Nous devons protéger sa fuite, sinon elle sera vite rattrapée. J'interpelle mes amies :

— Suivons l'exemple de Roxy !

Ouvrons grand notre cœur à la magie des fées !

Chacune de nous se concentre... Et se transforme en fée Believix ! Nous avons acquis des pouvoirs supplémentaires. Et si nous ne pouvons pas prendre

le dessus sur les sorciers, nous pouvons au moins les retenir un bon moment...

— Vous êtes prêtes à reprendre le combat, les Winx ? Nous sommes maintenant à égalité avec les sorciers !

Mais nos adversaires ne sont pas d'accord.

— Ces fées sont devenues trop fortes pour nous, constate Gantlos.

— Nous ne réussirons pas à les vaincre, l'approuve Anagan.

— Tant pis, ne nous occupons pas d'elles, suggère Ogron. Il faut rattraper la fée de la Terre.

— Je sens sa trace, l'approuve Duman en reniflant.

L'un après l'autre, les sorciers du Cercle Noir disparaissent. Nous devons absolument retrouver Roxy avant eux !

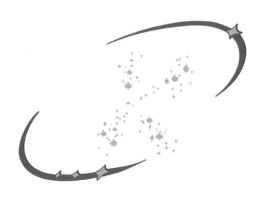

Chapitre 7

Ce que Bloom ne sait pas

Roxy court aussi vite qu'elle peut avec son chien blessé dans ses bras. Mais où peut-elle se cacher? Si elle se rend chez elle, ou bien dans le bar de la plage, les sorciers la retrouveront facilement, maintenant qu'ils savent qui elle est.

Épuisée, elle se laisse tomber par terre dans une ruelle. Elle caresse le labrador pour le réconforter.

— Je suis désolée, Artou. On avait une petite vie bien tranquille avant l'arrivée des sorciers. C'est le fait d'être une fée qui m'attire tous ces ennuis.

Pendant qu'elle parle, des ondes magiques émanent d'elle. L'animal se remet debout en frétillant de la queue.

— Tu es guéri ? s'exclame-t-elle.

Incroyable! Être une fée a aussi du bon!

À ce moment-là, la poubelle la plus proche commence à vibrer. Roxy saute sur ses pieds, prête à se remettre à courir. Mais il en sort seulement un chaton, tout mignon, dont elle comprend les pensées.

— Suivez-moi, leur dit-il. Je connais une très bonne cachette.

Il les guide jusqu'à une bouche d'égout qui a été mal fermée. Roxy la pousse et découvre des barreaux en métal qui s'enfoncent dans le sol.

— Oh non, tout sauf les égouts !

Mais la jeune fille reconnaît qu'elle n'a pas le choix. Elle

s'engage à l'intérieur du laby-
rinthe humide, qui sent très
mauvais. Au moins, les sorciers
n'auront pas l'idée de venir les
chercher ici.

Roxy, Artou et le chaton
s'installent dans un tunnel
pour reprendre des forces. La
jeune fille repense aux événe-
ments incroyables de la jour-
née.

— Tu as vu, Artou, quand
Stella s'est mise devant moi
pour me protéger des sorciers ?
Elle est drôlement courageuse.
J'aimerais lui ressembler...

Le labrador pose sa tête sur

ses genoux et la regarde avec beaucoup d'affection.

— Au fond de moi, pourtant, j'ai peur d'être une fée… ajoute Roxy.

Dans la pénombre, apparaît une étrange silhouette blanche, aussi transparente et légère que de la vapeur…

— Tu es bien une fée, Roxy. La fée des animaux. Ils t'aide-ront chaque fois que tu seras en danger. Tu ne dois pas avoir peur.

La jeune fille sursaute :

— Qui êtes-vous ?

— Tu le sauras bientôt.

Aujourd'hui, tu as su croire en la magie des fées. Maintenant, tu dois te faire confiance. Moi, j'ai confiance en toi.

Ces paroles font du bien à Roxy mais la silhouette disparaît tout de suite après.

Un peu plus tard, une pierre tombe du plafond, suivie d'une autre.

— Un éboulement ! Sortons d'ici, vite !

Lorsque la jeune fille se retrouve à l'air libre, elle ne sait toujours pas où aller. Elle a l'air si perdue qu'une vieille dame lui propose de l'aider.

— Vous êtes en voiture ? demande Roxy. Vous pourriez me conduire en dehors de la ville ?

— Bien sûr.

Hélas, en passant dans le centre, la voiture est arrêtée par

l'un des sorciers. La vieille dame panique et part en courant. Roxy n'a pas d'autre choix que de s'enfuir elle aussi.

Elle perd son chien de vue pendant quelques minutes. Lorsqu'elle le retrouve, elle ne remarque pas qu'il a un regard inhabituel, qui semble brûler comme une flamme noire.

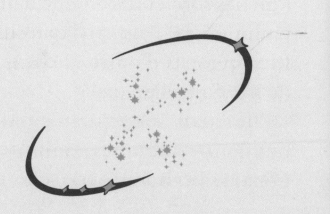

Chapitre 8

L'union fait la force

Mes amies et moi volons au-dessus de la ville. J'aperçois Roxy qui court vers son chien :

— Où étais-tu passé, Artou ? Ne me fais plus jamais une frayeur pareille !

Mais le labrador se transforme

en Duman! Le sorcier saisit la jeune fille par le bras et la retient, alors qu'un peu plus loin, Ogron menace d'anéantir le véritable Artou.

— Ne lui faites pas de mal, je viens avec vous! s'écrie Roxy.

Les sorciers forment de nouveau le Cercle Noir magique autour d'elle. Roxy est entraînée vers le haut de la spirale. Ses pouvoirs vont être récupérés et la jeune fille va disparaître…

Il est grand temps d'intervenir!

— Associons nos pouvoirs du Believix, les Winx!

— Flèche de feu!
— Mégawatts!
— Vent d'automne!
— Attaque harmonique!
— Vague morfix!
— Danse du soleil!

Sous notre assaut, l'union

magique des sorciers est brisée. La spirale s'efface. Roxy retombe sur le sol et se jette immédiatement dans mes bras.

— Je suis une fée comme toi, Bloom ! Je veux me battre avec vous.

— Bienvenue parmi nous, Roxy !

— Quelle scène attendrissante ! se moque Ogron.

La bataille reprend de plus belle, sans que les sorciers ni nous ne réussissions à prendre l'avantage.

Soudain, une voix masculine interpelle le chef des sorciers :

— C'est encore toi qui attaques les Winx, Ogron ?

— Nabu ! s'écrie Layla, ravie.

— Et ceux qui attaquent les Winx doivent aussi affronter les Spécialistes, dit une autre voix.

— Sky !

Riven, Hélia et Brandon sur-gissent près de nous. Chacun sort son épée magique.

— Alors, Ogron, quel effet ça te fait de devenir ma proie ? lui demande Nabu.

— Plus on me frappe et plus je deviens invincible ! répond Ogron avec orgueil.

Mais ses amis ne sont pas de cet avis.

— Je n'en peux plus, gémit Gantlos.

— Les Winx et les Spécialistes ensemble, c'est trop pour nous, proteste Anagan.

Le chef des sorciers comprend

qu'ils vont être vaincus. Avant de disparaître avec ses amis, il lance une dernière menace :

— On reviendra, les Winx !

Dans le calme revenu, Roxy nous remercie avec chaleur.

— À vrai dire, le coup de main

des Spécialistes est arrivé à point, fait remarquer Flora. Je ne sais pas ce qu'on serait devenues, sans eux.

Hélia lui ouvre ses bras, et elle s'y réfugie.

— N'exagère pas, on s'en sort toujours, dit Musa.

— Cette fois, la probabilité était faible, admet Tecna.

Timmy lui prend la main pour y déposer un baiser. Tecna se met à rire et l'embrasse à son tour.

Sky se tourne vers moi.

— Et si on allait fêter notre victoire au bar de la plage?

— *Notre* victoire ? Tu reconnais qu'on y est pour quelque chose, nous, les Winx ?

Mon amoureux me sourit avec tendresse. Je suis très émue.

— Bien sûr, Bloom ! Vous avez mis les Sorciers à rude épreuve. De toute façon, on sait bien que vous assurez, vous, les Winx !

FIN

Bloom et ses amies sont prêtes pour de nouvelles aventures !

Dans le Winx Club 35 :
La magie du Cercle Blanc

Roxy a découvert son pouvoir : elle est la fée des animaux mais les Winx réalisent bientôt qu'elle est possédée par un esprit, celui de Nebula qui veut se venger des Sorciers du Cercle Noir. La magie parviendra-t-elle à libérer Roxy de son emprise ?

Pour connaître la date de parution de ce tome, inscris-toi vite à la newsletter du site :

www.bibliothequerose.com

Tu connais tous les secrets des Winx ?

Retrouve toutes les histoires de tes fées préférées
dans les livres précédents…

Saison 1

1. Les pouvoirs de Bloom

2. Bienvenue à Magix

3. L'université des fées

4. La voix de la nature

5. La Tour Nuage

6. Le rallye de la rose

Saison 2

7. Les mini-fées

8. Le mariage de Brandon

9. L'étrange Avalon

10. À la poursuite du Codex

11. Sur la planète du prince Sky

12. Que la fête continue !

13. Alliance impossible

14. Le village des mini-fées

15. Le pouvoir du Charmix

16. Le royaume de Darkar

Saison 3

17. La marque de Valtor

18. Le Miroir de Vérité

19. La poussière de fée

20. L'arbre enchanté

21. Le sacrifice de Tecna

22. L'île aux dragons

23. Le mystère Ophir

24. La fiancée de Sky

25. Le prince ensorcelé

26. Le destin de Layla

27. Les trois sorcières

28. La magie noire

29. Le combat final

Saison 4

30. Les chasseurs de fées

31. Le secret des mini-fées

32. Les animaux magiques

33. Une fée en danger

Les aventures les plus magiques
des Winx
dans trois compilations !

6 histoires magiques
de la saison 1

6 histoires féeriques
de la saison 2

6 histoires incroyables
de la saison 3

L'histoire extraordinaire
de Bloom
enfin révélée !

Le roman du film
Le Secret du Royaume Perdu

Le hors-série Winx Club
avec le roman du film,
des jeux et des tests
Le Secret du Royaume Perdu

Le roman du spectacle
Winx on Ice

Toute la magie des Winx en DVD !

SAISON 4 vol.3

INCLUS LE JEU *HABILLE TOI-MÊME LES WINX !*

Leur nouveau pouvoir "Believix" sera-t-il assez fort pour vaincre le mal ?

Disponible en DVD le 8 septembre 2010

Pour tout savoir : www.boutique.francetv.com
0 825 05 55 55 (0,15 €/min)
www.winxclub.com

Table

Composition **Nord Compo** – Villeneuve d'Ascq

Imprimé en France par Jean-Lamour – Groupe Qualibris
Dépôt légal : août 2010
20.20.2068.3/01– ISBN 978-2-01-202068-9
Loi n° 49-956 du 16 juillet 1949
sur les publications destinées à la jeunesse